SILENCE ME MORD

Ouvrage composé en Baskervvol Base, typographie inclusive
créée par le collectif « Bye Bye Binary ».

979-10-97127- 46-6
www.editionslagrangebateliere.fr

SILENCE ME MORD

Charlie Demoulin

Roman

La Grange Batelière

Merci à Nadia, Antoine, Neige,
Tarn, Arnaud et Patrick.

Les cloches sonnent, le temps est gras,
mars.

Sa chaude chaude jambe droite collée à la mienne me réchauffe. Ses cils qui caressent ses paupières : m'informent que son cerveau se repose encore. Je la laisse je me lève, fais cuire le café, 14 heures m'indique la vieille horloge, tic-tac, tic-tac. Ce bruit m'est agréable, soirée d'hier, on méditait au son rythmé des aiguilles. L'ecsta faisait encore effet, à fond. Pendant tout le chemin du retour, nos mains dans le slip de l'autre. Certains lampadaires n'éclairaient plus, la Lune nous guidait vaguement. On a croisé Tristan de la soirée au pied d'une porte, du sperme sur les lèvres et du sang sur le sourcil. On a ri de lui, puis on s'est barrés.

Mon café bout elle arrive le boit. J'en fais un autre. Je la regarde sans parler elle se brûle la lèvre, renverse le café je ne lui en refais pas un nouveau.

Lèche le sol, sexe. Je bois le mien. Mauvais. De pisse et de rires on lave le reste de café au sol. Elle veut partir, je la supplie de rester, non, allez, non, OK, on va faire les courses ensemble alors.

On traîne dans le supermarché, ça l'ennuie,
elle me quitte.

Je sors alors aussi, sans avoir fait mes courses, elle : part vraiment. Je promets à un clodo une cara s'il vient avec moi. J'achète chips au ketchup, pq, savon, pâtes, tomates, pommes de terre, pas de viande c'est trop cher, deux trois pizzas surgelées, je craque pour du saumon, une lasagne, des œufs dans la poche. On arrive au rayon bière j'en ouvre une, T'en veux une que je propose au clodo, Non me répond-il embêté. Il regarde autour j'affonne je remets la canette vide dans le rayon, me prends un pack de 24. J'achète de la Gordon aussi une bouteille de rhum à 30 balles. Comme promis je garde 1 balle pour la bière de Pif.

On sort, il m'accompagne jusque chez moi pour porter mes courses je ne lui propose pas de monter, je lui donne 10 cents. Merci A+.

Je dors un coup appelle un sexe. Il dit qu'il ne préfère pas, corona. Comprends pas, je raccroche. Je marche dans la rue, mes bras me grattent, je sue, mes veines respirent. Je regarde les gens, parle du beau temps à certaires pas à d'autres. Une meuf me demande mon numéro je lui donne un faux, elle m'appellera demain.

On est le lendemain et elle m'a pas appelé. Je sais très bien que j'ai donné un faux numéro, mais suis quand même déçu. J'ai ramené hier soir la fille de hier matin à mon réveil elle n'était plus là, palpé du vide. Horrible, ma tête, bois une bière. Ne se calme pas vraiment, je me rends au bistrot du coin de la rue. Sur le chemin qui me sépare de l'enseigne, un trottoir, je regarde le monde, nerveux. Absurde, un peu. J'entre chez les alcoolos, tout le monde se tait, pas comme d'habitude. La tévé est forte tout le monde la regarde. Ça pue. Je vais vers le patron qui lui-même la regarde, lui demande de baisser le son, on ne s'entend plus parler. Ta gueule et écoute. OK, je ferme ma gueule et j'écoute. Je capte pas je

regarde la mine déconfite d'un gars déjà confit par l'alcool je n'écoute pas en fait. Je les regarde toustes. Un se ronge l'ongle un vit la tévé avec crainte un réfugie son regard sur le sol une ferme les yeux, un en profite pour la mater une prie personne boit. Un crie PUTAIN LE BISTROT. Les têtes y prêtent attention, exécutent un petit signe approbateur. Puis retournent face à la tévé. Je me décide à écouter, un peu, mais j'arrive pas à me concentrer. J'entends corona, le mot que m'a dit Mehdi au tel. Son excuse pour m'éviter.

Je demande à un alcoolo de m'expliquer. Il m'expliquera après là il écoute. J'acquiesce et m'en vais fumer une clope dehors.

Qu'est-ce qu'il me veut Mehdi à me refuser ainsi ? La dernière fois qu'on s'est vus était pourtant géniale, a mangé des pâtes sur ma teub. Nos corps étaient chauds, ses poils se frottaient aux miens, sa bouche sentait le pesto qu'il avait apporté pour assaisonner mes pâtes. Je l'ai mordu il m'a mordu, on s'est enlacés, on a fumé, craché la fumée sur l'autre, il m'a encore sucé je l'ai sucé aussi, il me l'a mise bien profond, je l'ai massé, il est parti me suppliant de recommencer dès que son entreprise se sera stabilisée. Alors qu'est-ce qu'il me veut Mehdi à me refuser ainsi ? Quelle pédale.

Je finis même pas ma clope, l'écrase au sol et rentre dans le troquet. Un brouhaha violent m'arrache les oreilles. Je demande au patron de baisser le volume mais il me répond pas il parle en criant. La tévé est enfin passée au second plan, mais tout le monde est debout agité. Bordel que c'est bruyant l'humain heureusement que ça meurt.

Je m'en vais pisser et par chance je tombe sur un vieux gars gras. Non mais c'est fou qu'il me dit. Oui, dingue je réponds. Je jette un coup d'œil à sa vieille bite, rikiki et périmée. Eh là – pardon – rires d'alcooliques. Je lui demande de m'expliquer.

J'éclate de rire je rigole beaucoup, je rigole fort, rote ris. Alors comme un con il rit aussi. Mais lui s'arrête assez rapidement alors que moi je continue de rigoler beaucoup et fort. Il me fuit et s'en va.

Je me dis que c'est impossible que personne tiendra qu'on va se révolter qu'en tout cas moi, pas la peine d'essayer je tiendrai pas. Je vais faire mes courses, somnifères dans une pharmacie bondée, chips au ketchup dans un Carouf bondé. Les gens avec des caddies de pq, ça chie et se branle beaucoup l'humain, des gens partout dans le rayon d'habitude vide des conserves impossible d'accéder au rayon alcool, bouché, file de cinq mètres. Des gros des grosses des fins des fines des laids des laides des beaux des belles des normaux pas normaux des noirs des noires des blancs des blanches des jaunes des rouges, la Terre. Quelques gens niveau livres j'en prends un, Émile Zola. Y a personne à la beauté à l'entretien voiture. Beaucoup à la viande, beaucoup. Je reste là quinze minutes, à regarder ces porcs ; le supermarché ne se vide qu'au bout de deux heures. Deux femmes se disputent du pq, un jeune cadre court vers une caisse avec trois tonnes de savons dans les bras. J'y vais moi aussi, vers la caisse. J'attends encore bien une heure dans cet espace où la lumière blanche aveugle. Je regarde une femme qui se croit à Fukushima. On voit que ses yeux bleus, beaux yeux bleus. Je m'avance vers elle elle fait un grand geste de la main, stop. Je la regarde profondément elle recule précipitamment manque de tomber même. Sa main reste tendue face à moi. J'abandonne. C'est bientôt mon tour je jette un coup d'œil à mes arrières la file est gargantuesque. Les caddies sont remplis à ras bord, des gens en ont carrément deux. Le magasin est vide, reste plus rien. C'est mon tour, je souris à la caissière elle me sourit, elle bippe mes courses rapidement. Elle a l'air exténuée, lui donne mon numéro, j'ai toujours mon numéro sur un papier dans un coin de ma poche.

Je me roule un joint admirant le cortège qui sort du supermarché. C'est très primitif très rapide très très précipité. Me fait sourire. Reste planté là bien une heure à regarder ces bouffons avec mépris.

C'était mon dernier gramme, j'avance défoncé vers mon dealer. Je marche dans cette ville pressée où tout le monde me mate. Les bâtiments autour de moi me semblent flous je marche. J'arrive devant la bâtisse de mon dealer je n'avais jamais remarqué que les taches au-dessus de la porte formaient une constellation. Je toque lui envoie un message l'appelle, silence. Je toque encore, silence. J'attends trop longtemps je tourne en rond, silence me mord. Je regarde la façade la constellation, disparue. Mes muscles sont tendus, j'ai chaud.

Le voilà enfin qui se pointe : 2 g d'héro, 2 de coke, 4 ecstas, 10 g de shit, 3 de beuh. Je lui sors un billet jaune et plus encore, corona me dit-il. Je maudis corona, lui aussi me dit qu'il le maudit je me tire les poches remplies, on m'appelle. La caissière. Me propose rdv ce soir : Profiter une dernière fois. Évidemment oui. Rendez-vous place des Coopérateurs. J'y vais en avance histoire de rouler un joint. Je fais un royal pour l'occasion, j'ai le stock. Belle soirée qui s'annonce.

C'est la place la plus moche de la ville. Béton partout. L'homme a inventé le béton et le plastique et depuis tout est moche m'a dit un antiquaire un jour. C'est vrai.

Je la vois arriver, ou plutôt je la devine. Elle est tout en couleurs pantalon large jaune top vert pomme sous sa veste rouge. Très mauvais goût, mais mignonne. Elle se rapproche, j'admire ses lèvres rouges pétantes pulpeuses ses cheveux bouclés. Elle me fait un joli sourire ses dents blanches se découvrent. Je lui fais la bise, Tu t'habilles mal mais t'es mignonne, un papillon passe, elle rigole jaune comme son fute esquisse un mot deux je l'écoute pas la dévore. Je lui réponds n'importe quoi, vaguement. On marche dans le noir sans se toucher. J'aime ce moment-là avant l'acte, où on se connaît pas, où on se regarde juste, où on ose pas. C'est pudique mais tellement sexuel.

On arrive finalement dans ma rue dégueulasse devant mon immeuble dégueulasse. Il y a des tags partout, un grand fils de chien !, œuvre que j'ai réalisée il y a quelques mois, bourré. Beaucoup de menaces de mort, aussi, de blazes écorchés, de numéros de téléphone, de stickers antifascistes collés sur d'autres d'extrême droite. J'enlève l'antifa par provoc je sors mon indélébile et écris le prénom de la caissière. Elle me touche la joue j'ouvre la porte elle grince. Elle se coince je donne un coup de genou elle s'ouvre. Il fait noir noir dans la cage d'escalier on éclaire avec nos téléphones. Ça pue et des araignées se sont installées partout. C'est beau l'araignée. Élégant plutôt. Des grandes pattes un corps velu, de la patience et de la vitesse. De l'intelligence. J'aimerais bien être une araignée. Parfois je me dis que j'en suis une. J'arrive facilement à coincer l'autre dans ma toile. Et j'ai de grandes jambes.

Elle me colle un peu quand je tourne la clé de l'appart. La porte s'ouvre délicatement. Je laisse entrer la caissière, j'allume la lampe celle avec la lumière tamisée. Je mets un vieux truc, vinyle trouvé au hasard dans une brocante pourrie. Lui propose un verre ou de l'ecsta pour la tester, elle choisit le verre. Un vieux bordeaux que je garde pour les caissières. On se parle pas vraiment je ressens dans ses yeux l'envie, je l'aie aussi.

Je vais aux toilettes, je dis. Un rail de coke sur la cuvette. L'énergie de la drogue me pénètre je me sens rejoins. Je revis j'ai encore plus envie. J'adore la drogue.

Je marche rapidement vers la table, m'asseyant brutalement. Elle me sourit j'affonne mon verre. Je vais me chercher un bout de pain, je l'imagine nue. Des petits tétons durs, un ventre. Je retourne à ma place. Lui dis on y va ? On y va. Je me mets à poil dans le salon, ça la fait rire elle le fait aussi. Lui mange le cou. Chante un son, on fusionne. Elle me caresse je la caresse. On se tâte on se découvre. Elle doit remarquer mon téton gauche plus grand que le droit. Son nombril, profond à souhait. J'y insère ma langue, tourne deux trois coups, descends vers son bassin. Je frissonne et crève d'envie de coke encore. J'essaie de calmer mes pulsions tandis que je la lèche, impossible. Toilettes carte d'identité sachet blanc. Je reviens bandant dur. Elle est allongée sur le lit quand j'arrive, elle se branle. On se branle en se regardant dans le salon le vinyle est fini. Elle m'adresse quelques mots puis m'accroche le pénis. Elle fait des rondes avec sa langue j'ai chaud, j'ai le plaisir acide. Des petits piquets me transpercent, mes yeux s'enfuient par derrière. Elle accélère j'accompagne sa tête je crache dans sa bouche, j'éjacule quand sa langue frôle mon nombril. Elle suce mes boules extrait mes derniers spermatozoïdes, je me recharge. Je joue du piano dans sa chatte, elle jouit en do mineur comme Sergueï Rachmaninov. Rechargées on fait l'amour des heures durant, toute la nuit en fait. Levrette cuillère 69 missionnaire. Levrette cuillère 69 missionnaire. Levrette cuillère 69. On jouit ensemble c'est fantastique. Puis on s'endort. Enfin elle s'endort ; moi je n'y arrive pas. Moi je vais fumer un joint.

C'est magique, de jouir ensemble. Une symbiose naît, on sourit rien n'est monotone rien n'est grave, rien n'est grave.

C'est nul de jouir tout seul, ensemble. L'autre attend que tu débandes, c'est relou. Tu déçois l'autre, tu te déçois. Tu jouis sans jouir. Tu chies du sperme.

Je suis défoncée

rentre dans la chambre m'endors dans ses chauds bras. Bonheur sort.

Me réveille elle s'est cassée. C'était cool, à dans quelques semaines écrit sur un vieux papier qui traînait sur la table. Un carton de céréales je pense. Je me retrouve alors seule, je refroidis. Je prends, je me réchauffe. Mais je demeure mal à l'aise. Je regarde mon vieil appartement je veux sortir. Je sors. Je descends l'escalier noir sans lampe, mes pieds deviennent les marches; je pousse difficilement la porte, je pense aux étoiles, elle s'ouvre. Je la vois, muette. La ville.

Je m'assois là où il s'asseyait tout le temps, sur ce vieux fauteuil rouge brique. Je dépose mon verre de bordeaux sur la petite table où il déposait tout le temps son verre de bordeaux. Je passe ma langue sur ma lèvre, un soubresaut de liqueur me revient. Je regarde la pièce comme il la regardait, je suppose. Je suis assis pareil, juste ma vue n'est pas la même. Meilleure peut-être.

Me reviennent en tête ses yeux jaunis par le temps, rongés par la vie, un peu dégueulasses, de l'extérieur. Les couleurs doivent être autres, avec ses yeux. Plus sales, mais plus belles possiblement. La saleté c'est toujours mieux, plus vrai. Plus cool. J'aime être confronté à elle, m'y frotter, l'aspirer. Mais par contre c'est propre chez moi. Surtout ici.

Je prends mon verre de la main gauche et vois la sienne, bleue et veineuse. Ses longs ongles qui coulissent sur le cristal, engendrant un léger son crispé. Ses gestes lents, précis, et son doigt doux.

Je mets la musique très fort pour compenser le vide. Je fais des pâtes je chante, je parle. Je suis nu je me tiens le gland. Je me tiens souvent la bite, la journée. Peur qu'elle s'envole. Et puis ça m'occupe, mes mains se sentent utiles. Je me demande si toustes celleux qui ont une bite sont comme moi. Ce serait pas drôle. Mais je me demande surtout si les possesseur·euses de chatte et de seins sont comme moi. Et si oui, comment ? Iels se tiennent le téton, se mettent un doigt ? Les enfants font ça, j'ai déjà remarqué. Ça se touche souvent le sexe un enfant. C'est peut-être pour ça que je le fais, pour avoir 3 ans.

Oui, je suis beaucoup nu chez moi. Que je sois seul ou avec quelqu'un·e, d'ailleurs. C'est cool, je suis plus libre je vois souvent mon chibre, j'en parle beaucoup dis donc, je suis beau nu. Mais je l'habille, je m'habille des fois quand même. J'aime bien aussi, ça me rend tantôt plus laid tantôt plus élégant. Juste nu c'est plus facile pour se branler.

Je vais chier mes pâtes elles ressortent en une fois, une longue crotte qui me quitte avec douceur. Ça pue même pas alors je tire pas la chasse. Il y a une partie de moi dans cette eau c'est cool. Souvent les déchets en dehors de mon corps jalousent ceux qui m'habitent encore.

La musique s'arrête je panique je prends de la blanche je remets de la musique je danse. Je vomis mon corps rejette alors je reprends et je redanse. Puis je mets Annie Ernaux qui parle, j'oublie. Je regarde par la fenêtre, rien. Vide. Néant. J'appelle un gars,

refus.

Autre accepte.

J'essaie d'équilibrer mec/meuf. D'ailleurs je parle que d'hommes de femmes depuis le début parce que vous en avez besoin pour pas être trop perdues, mais of course c'est has been la binarité ça craint et ça n'a aucun sens, on s'y accroche comme à un petit bout de ficelle qui nous empêche de tomber dans le vide. Attention elle se fragilise et va craquer, la ficelle. Mais elle est toujours pas brisée bordel alors bon j'continuerai à dire mec/meuf pour l'instant pour la compréhension mais bref ça n'a vraiment aucun sens, aucun. Je disais donc : c'est important l'équilibre. L'égalité des genres. La même importance, les deux géniaux, différents, rapports. C'est marrant je crois que je suis plus actif avec les femmes qu'avec les hommes. Leur corps, peut-être. Plus élégant. L'élégant se prête à la passivité, je trouve. Et puis aussi sans doute les pornos et les patriarches m'influencent et me font penser tout ça. Les films aussi, où la femme est lampe sexy. La sexualisation pas de problème en soi, moi je kiffe, c'est plutôt la passivité qui va constamment avec qui est dérangeante. Soit. Pornos patriarches et films me disent donc – alors je pense (moi aussi hein j'ai pas encore fini de m'affranchir de tous ces trucs du vieux monde) – que

le corps masculin, lui, c'est pas élégant, c'est brut. C'est beau, c'est plus cru, c'est moins timide. J'adore baiser les deux, mais pas en même temps. Sûrement pas.

Je me branle très fort n'importe comment en attendant l'autre, je me blesse même. J'éjacule partout, sur le tapis sur la table sur le livre ça m'excite. Je tremble et je transpire je jouis.

C'est le mieux de se branler seul. Je m'en vais prendre une douche et me laver le cul. Il entre.

C'était nul, j'ai pas joui lui non plus, j'ai même débandé. La vie réelle est agaçante.

Le même jour je vois une meuf je lui dis bonjour et danse devant elle, longtemps, génialement. Finalement on baise. Je m'attendais à un truc awesome vu comment awesome elle était mais je me suis aussi fait chier, relou, ennuyant. Qu'est-ce qu'iels ont toustes aujourd'hui à être nulles ?!!

Mon but c'est de baiser le plus de gens possible alors ça arrive les couacs.

Le lendemain je me lève et je décide de me laver. Je mets *Breakfast in America* à donf, je m'imagine avec un mec sous la douche, je me masse le lobe de l'oreille. Je me sèche en me disant que j'adore les douches. Que je dois en profiter le plus possible avant d'en être privé. Quand je serais dans la rue, un jour, je n'aurais plus autant d'eau à disposition.

Je mange des pâtes et me dis que j'irais bien au café. Je prends une veste de motard, mets de l'eyeliner, je descends, me rappelle que ma porte est vraiment trop laide, crache et découvre la ville. Angoissante oppressante de vide. Je marche dans la cité qui, il y a une semaine à peine, était festive et enthousiaste et remplie et bruyante, je pleure. Je traverse le trottoir et j'arrive devant le bistrot. Les lumières sont éteintes je pousse quand même la porte. Elle s'ouvre pas étrange je donne un coup plus puissant. Toujours rien je m'inquiète et commence à trembler. Pourquoi est-ce fermé ? Il ne peut pas être fermé. Ça fait plus de dix ans que j'y vais tous les jours ou presque. C'est absurde.

Irréel – Débile.

Pourquoi les gens ne sont pas là ? Els doivent être occupées, mais non c'est jamais occupée une alcoolique. À part à boire, je m'entends. J'espère qu'iels ne boivent pas seules. Seules chez elleux je veux dire. Parce qu'on est tout le temps seules quand on boit, même quand on est plein. Bref je rage je méprise la Terre. J'appelle une pute on se retrouve chez moi. J'ai dû négocier ; pas de bisou, on se touche que très peu, levrette. Elle se barre avec 200 balles je suis seul avec les couilles toujours pleines. Je dors.

Je rêve de la première fois où je l'ai vu, mais son visage est flou comme dans les enquêtes tévé. Je vois ses gros bras veineux. Sa grande main chaude qui me caresse le crâne. Quelques mots, je ne me souviens plus. J'avais cette drôle de sensation, celle de quand tu sais que c'est le bon. Celui cool pas trop dur, sans être mou pour autant. Sa démarche était assurée, classe, élégante, admirable – belle. Son regard me plaisait, son Salut mon p'tit aussi. J'ai su que j'allais le revoir. J'allais le revoir. Il m'a donné des spéculoos, j'ai pas osé lui dire que j'aimais pas ça. J'osais pas trop lui parler en fait. Intimidé. Même lui l'était un peu, des fois. Mais il le cachait.

Je me rappelle quand il est reparti la première fois. J'étais triste et j'avais faim. Il part, j'entends le déchirant bruit de la caisse qui s'en va. Je trouve à manger je mange. Je sers M dans les bras, la remercie lui fais un bisou lui dis que c'est le bon, elle pense aussi, Oui mais ça va être long, mais garde le courage et la foi, tu l'auras ton papa. Ça rime, je rigole.

La première fois que je l'ai vu, j'avais 6 ans.

J'appelle un contact qui m'apporte de la ké. J'ai envie d'un voyage astral pour oublier tout, pour voir comment c'est dans les autres apparts dégueu.

J'en prends avec un mec histoire d'être à deux. Les effets tardent à arriver, merde je fume un spliff. Et d'un coup ça monte. Très vite très fort. Ma tête tourne beaucoup j'ai des relents et des élans. Mon âme essaie de sortir je le sens, mais elle n'y arrive pas. Je ferme les yeux et elle finit par s'envoler. Un bouleversement étrange, mon cerveau qui s'évapore. Je me vois debout un peu sonné. Je me colle au plafond et nous regarde. Puis je ne sais pas ce qui me prend j'enlève mon pantalon mon slip. Je bande pas je lui dis avec moi, il refuse évidemment.

Plus tard on y va. J'avais jamais baisé pendant une projection astrale. C'est chelou j'ai l'impression de regarder un porno. On me captive, j'ai chaud mais un moment je me fais chier, qu'est-ce qu'on baise mal.

Je réussis à quitter l'appartement et à explorer chez les voisires. La petite famille d'en face joue à un jeu de société tous·tes ensemble, mignon. Mais chiant. En dessous, une femme seule pleure, telle la société je m'évade. Je suis en paix. Deux colocs se bourrent la gueule, un appart est vide, un autre occupé par une mère qui donne le sein à son pauvre minot qui n'a plus de père (parce que c'est ça la réalité, lui qui se casse et qui paie pas le loyer et qui s'occupe pas des gosses). Ailleurs un mec dort étrange il est 2 heures, d'ailleurs qu'est-ce qu'elle fout la famille à jouer à un jeu de société à 2 heures ? Parents irresponsables.

Dans l'immeuble d'en face des gens baisent aussi. Mieux que nous. J'admire et j'apprends. C'est beau. Je monte d'un étage et me retrouve dans la chambre d'un gosse marrant. Putain que ça marche bien cette merde ! Le gosse est cute et regarde d'un air captivé la fenêtre. Il est dans le noir le pauvre. Je jette un coup d'œil à ce qu'il regarde.

Merde merde merde merde et merde. J'ai laissé allumé, quel con. Je gueule sur le gosse et d'un coup il me fixe comme s'il me voyait alors que je ne suis pas là. Je prends peur et puis je dois corriger le truc, je quitte à mille à l'heure sa chambre, traverse la rue rentre par la fenêtre et me glisse dans mon corps comme si de rien n'était. Je sors de lui précipitamment et m'en vais éteindre la lumière. Le gosse arrête de nous regarder. Dégueu. Évidemment je débande et là bam la drogue ne fait plus d'effet, je suis clean. Lui pas du tout il fait n'importe quoi, regarde sa main comme si c'était une araignée.

Un autre soir je suis dans une mini-teuf chez moi. Els parlent toustes du corona alors je les vire toustes, en appelle d'autres. Mon carnet d'adresses se vide, je grille trop vite mes cartouches.

La vie est cool mais plate à la fin. On se fait chier à manger, boire chanter danser à quatre cinq. Il m'en faut plus. Alors je me connecte à Facebook pour la première fois depuis des mois. Je cherche et galère mais finis par me retrouver dans deux trois groupes de soirées clandestines dans le coin. Bingo! y'en a une ce soir. Lieu annoncé à 2 heures, gratuit. Génial.

Je prends plein de drogues, mes poches sont pleines. Je mets un string, un peu de fond de teint mais pas trop. Je me pimpe et je suis prêt, 22 heures seulement. Je me branle je me branle je me branle je me branle je mange je mange je chie je fume. Encore. Finalement le lieu est annoncé, à 2 heures piles. Je prends les clés de mon appart dégueulasse et me casse discrètement. Je marche longtemps dans cette saleté de ville déserte. On ne voit plus que les clodos, et encore. Même les lampadaires sont éteints, zéro effort pour faire comme si. J'arrive sur le lieu avec une heure de marche sous ecsta dans les jambes. Il y a pleiiiiiin de monde, trop bien. J'entre facilement, je dis que je suis gay pour que les meufs me fassent pas chier, je dis que je suis hétéro pour que les mecs me cassent pas les couilles. Je danse. Au milieu d'énormément de monde c'est fou. Ça m'a manqué bordel. Je twerke, on me twerke sur la bite, je prends un mec en leuleu dans les toilettes dégueu pipi caca partout. Je rote de la bière lui crache dessus il aime ça. Son mec arrive je me prends un poing dans la gueule je tombe on nous sépare il me laisse tranquille bizarre. Je me drogue encore un peu, les leds rouges, je kiffe je me fais une meuf, la seule de la soirée, j'embrasse tout le monde je dis que je me casse mais je danse encore en fait. Génial génial génial. J'aime beaucoup répéter les mots. Je danse encore un peu je bois on me drogue relou mais je tiens encore debout je me casse.

J'ouvre les yeux à 20 heures le lendemain il fait noir. Alors je me rendors. 4 heures, la drogue me réveille. Je suis pas malade.

Je sors tous les deux jours ainsi, j'adore c'est génial et facile je revis. Un jour de récup, soirée. Le rythme l'équilibre c'est important. Je bois un peu je fume beaucoup. Je baise trop j'ai la bite rouge et les hanches bleues. J'ai carrément des courbatures, la classe.

Deux, trois semaines.

Puis c'en est assez j'en ai marre et j'ai des boutons partout. J'ai même un petit bide. J'arrête les soirées je commence le sport. Mais pas la muscu, c'est nul. Un gars à une soirée m'avait parlé d'un club de boxe qui résistait, qui s'organisait en silence. Je lui ai demandé le numéro.

Je vais taper, péter des gueules.

Je dis que je viens au prochain entraînement. Je dis que je sais boxer, évidemment. On me donne le lieu la date (dans cinq jours), je confirme. Je me promets de ne pas me droguer entre-temps (hormis le shit, mais c'est pas de la drogue donc ça va). Je tiens, je crois. P'têt que méga défoncé j'ai merdé mais je ne pense pas : je suis en forme, et ça faisait bien longtemps. Je suis heureux en plus. C'est cool la non-drogue. Un peu. Puis ça devient lassant.

On s'est de plus en plus vus, donc, mon père et moi. Il me prenait, on allait écouter les oiseaux, parfois Pink Floyd, il adorait Pink Floyd, puis souvent il m'achetait une glace, chocolat. On parlait un peu, mais pas beaucoup. J'aimais son silence, celui qui s'imposait quand il ne parlait pas. J'osais pas, je voulais pas parler, alors.

Il me disait qu'il avait du mal. Que c'était dur ! Que c'est dur ! Mais j'y arriverai mon p'tit gars ! Sa barbichette me piquait quand il m'embrassait pour me dire à bientôt.

Je mets Pink Floyd à fond, comme s'il y avait une soirée que j'effleurais seulement.

Une fois, il était triste perdait espoir. Pourtant c'était déjà la quatorzième fois qu'on se voyait. On se connaissait pas mal.

Les procédures, les procédures, qu'il répétait. Je ne savais pas ce que c'était, les procédures. Mais je ne lui disais pas. Il ne m'en voulait pas, je suppose. Parce que quatre jours après, le lendemain de Noël – on n'a pas pu fêter ensemble à cause des procédures – il m'a offert un super quatre roues motrices rouge fluo orange pétant avec les roues avec les piques et les clous pour aller dans la neige, et qui avançait après qu'on l'avait reculé, je l'adorais. Puis je l'ai perdu un jour quand j'étais mort défoncé et que je l'avais amené en soirée au cas où je m'ennuierais. Merde putain il me manque des fois. J'augmente le volume.

Je dors pas de la nuit je veux boxer. Je me dis que ce n'est que dans six heures mais ça ne marche pas, mes yeux résistent. Je fume un joint, non, rien ne change. Je finis par dormir un peu, une heure peut-être. Je me réveille la tête douloureuse j'ai pas envie bordel, mais j'y vais quand même. Je fais gaffe à ne pas me faire voir en sortant. C'est irréel merde sortez de chez vous bande de nazes. À l'air frais, je vis. Seul en plus c'est le top la rue. Oui, le top, vraiment. La solitude ?

J'arrive dans la salle, mini, puante, bondée. Je dis que je viens boxer, Ahahaha t'es qui. Je dis Oui sérieusement. Je boxe, j'ai du niveau, que je leur dis. Con. Je crache un coup m'échauffe vite fait juste pour dire que je me suis échauffé puis je rejoins un ring. Ils sont tous occupés, ça gueule dans tous les sens j'attends.

La violence c'est dingue. Pas très excitant finalement. Défouloir. Je me sens enfermé, en manque d'air. Ils font penser à un énorme poulailler sur la route pour l'abattoir.

Une place se libère je fonce. J'ai plein d'énergie d'un coup. Je lui en mets un, magnifique uppercut parfaitement maîtrisé il est presque à terre. Il se ressaisit vite merde connard il me fout une droite, enchaîne avec une belle gauche. Frontale, horizontale, haut-bas bam bam. Le mec me démolit la gueule. Je tombe inconscient, je ne me souviens de rien alors. J'ai pas trop kiffé j'avoue.

J'aime pas tant que ça la douleur en fait, ou pas à ce niveau-là en tout cas. C'est trop, je crache du sang j'ai la tronche rouge cabossée. J'ai l'air d'un clochard dans un magasin LV. Il fait quoi lui là, avec sa sale gueule ?

J'arrête la boxe, évidemment.

J'arrête momentanément le sport, aussi. J'ai la face détruite j'ai mal quand je bouge quand je me branle j'imagine même pas si je baise. Pas envie d'aller à l'hosto je sais pas ce que je leur dirais, le pourquoi du comment, j'aime pas mentir.

Je vais mettre de la pommade ça va suffire, je suis strong.

Je me fais chier à rester dans mon lit sans rien foutre. Alors je regarde des culs sans me toucher. C'est cool mais bizarre, frustrant. On a envie mais on résiste, on combat. Notre corps crépite notre cerveau frétille. Et puis là, l'idée. Et si un studio X cherchait un vieux gars avec la gueule cassée pour enculer deux vierges ?

Je passe deux trois coups de fil envoie deux trois photos. J'ai une réponse positive : un studio gay clandestin. Dommage j'aurais préféré deux vierges mais bon ça peut être drôle allons-y.

Je me fais un café, j'imagine le studio. Méga luxueux flash, luisant. Des pros, mais chill. Des mecs en chien qui veulent se faire trouer. Animaux en laisse. Moi hyper dominant qui les insulte et leur crache dessus. Je suis alors méga excité. Le café sans doute. Je bois une tisane, attends un peu fume et m'endors. Dois récupérer. Ma gueule se répare un peu. J'espère quand même qu'elle ne sera pas parfaite toute belle quand j'irai enculer ces chiens. Je dors encore. C'est usant, de se faire casser la gueule.

Les jours passent, un peu. Le porno arrive bientôt. Je me masturbe devant le miroir je fignole quelques postures, je joue avec un coussin. J'espère qu'ils seront sexy je stresse. Je fais des pompes des tractions pour avoir quand même des semblants de muscles ce serait cool. Je m'entraîne à me faire sucer avec style, je travaille mes gammes. Je jouirai en mi, demain. J'ai travaillé un peu toute la journée j'ai plus éjaculé depuis quatre jours, je serai plein.

Par contre ma gueule ça va pas. Mais tant mieux pour le film. Les plaies du front commencent à s'infecter, certaines se réouvrent quand je fronce les sourcils. J'ai l'œil énorme je vois rien. Ça me dérange pas je verrai pas les moches. Je suis bleu par endroits beurk la vieille droite. Mon sperme me manque tellement tellement vivement demain. Je vais au lit tôt enfin vers 2 heures. Rendez-vous 14.

Excité j'arrive là-bas alors déjà c'est pas un studio blanc aveuglant flambant neuf c'est plutôt un appart cradingue avec un grand gigantesque lit au milieu. Y a des chiottes à gauche une cuisine à droite et une douche collée aux wc. Le tout moisi, qui pue pas mais presque. Jaune, passé, moche. J'aime pas on dirait chez moi.

On me salue, moi : déjà un peu irrité. On me présente les deux trous, ça va ils sont comme sur les photos mais malheur ils me parlent comme si j'étais leur égal. Ils sont habillés normalement, je les regarde de haut, dédaigneux. On m'explique comment ça va se passer : d'abord on se place sur le lit afin de faire les derniers réglages lumière, puis on se lave tous et on me maquille un minimum le visage, tout en le gardant bien cassé. Ensuite on jouera le petit scénario ridicule qu'ils m'ont envoyé par mail il y a quelques jours. Une bête scène où j'entre dans la pièce hyper dominant, avec ces deux mecs que je traîne en laisse sans les regarder, collier et tout et tout. Je me jette sur le lit et ils me bouffent les couilles. Ah oui eux à leur entrée ils sont déjà en string alors que moi je suis en costard-cravate chef d'entreprise.

Ma tête me fait mal tourne je m'assois.

En vrai le scénario me fait marrer. On commence à tourner, on joue la scène je bande pas mal. Mais ils se trompent alors on recommence. Sixième prise, je bande plus du tout évidemment. Échec. Je me branle sans grand résultat. Ils me branlent sans grand résultat. Finissent par me filer du Viagra, marche un peu, s'empresse de tourner. J'aime pas trop les cuts ni les gens autour. J'en encule un demi-molle, mais ça glisse bien. L'autre arrive pas à ouvrir son cul malgré le poppers le plug. Merde. On peut rien faire, ils le fistent et font je sais pas quoi pour l'ouvrir il a mal la tapette. Je les regarde galérer.

Il finit par être bien comme il faut j'y vais, mais je bande toujours moyen, ça rend pas bien à l'image qu'on me dit. Je commence sérieux à en avoir marre mais je prends sur moi.

À un moment je rebande fort d'un coup alors on fonce fonce. Une heure après je leur crache enfin dessus alors on se rhabille. Putain qu'est-ce que c'était relou heureusement que j'ai un billet. Ils éteignent les lights on se retrouve au coucher de soleil dans cette appart sombre on dirait un trou du cul. Ça pue la transpi et le sperme comment j'ai pu bander dans ces conditions. L'ambiance est celle d'un lundi soir à la sortie du taff, les mecs qui m'ont dirigé pour être beau à l'image me parlent formellement comme des collègues, météo, résumé de la journée, j'ai envie de me casser. Les deux trous essaient de me parler mais qu'est-ce qu'ils croient je leur réponds sèchement et ne leur adresse pas la parole. Je me barre vite fait de cet endroit glauque. Vite mon lit et mon sexe.

J'arrive à l'appart la tête comme un seau. Un seau de pisse, de la pisse de quand tu pisses du sang. Je me lave prends une longue douche maternante qui me libère de toute cette sueur et de tout ce sperme que m'ont filé les deux pauvres gars. Je me sens propre après une heure seulement, j'ai compté. Je me mate avec effarement dans le miroir. Mon œil a triplé de volume, je suis rouge et très bleu par endroits. J'ai à chier mal, ça arrache. Je me soigne légèrement mais c'est tellement douloureux et laid que je pense aller à l'hôpital.

Demain, si ça va pas mieux.

Le lendemain ça va pas mieux et pire, j'ai pas envie de baiser. J'ai encore l'image de cette lumière agressive et de ces mecs qui me disent quoi faire dès que je me touche la bite. C'est inquiétant. Je ne me branle pas non plus alors j'hésite à aller à l'hosto je procrastine je mets Brel qui parle pour me sentir moins seul.

Et l'enfant lui est nomade, il comprend pas pourquoi les troupeaux ne vont pas chercher de l'herbe là où est l'herbe. L'enfant, je crois, ne comprend pas bien qu'on se bute à vouloir brouter de l'herbe là où il y a que des cailloux. Il est nomade, je crois. Et on lui apprend petit à petit à être prudent, à être sage, à être économe, pas dans le sens du pognon, dans le pire sens du monde, il économise ses forces. On lui apprend des tas de choses abominables. L'espoir, mais le mauvais espoir, disant « il va t'arriver des chose » or il ne nous arrive jamais rien. Moi dans ma vie il m'est arrivé que moi. Bref on leur apprend le contraire de Noël, en fait. On leur apprend à attendre des choses. On dit rarement aux enfants que ce qu'ils vont voir c'est ce qu'ils vont faire. Ça se dit assez rarement, enfin à ma connaissance. Il faudrait leur dire n'attendez rien. Que de vous. Je crois. Parce que c'est terrifiant tous ces gens qui attendent.

Les jours passent j'ai toujours pas envie de baiser étrange. Je ne me suis même pas branlé je dois avoir les couilles pleines pleines pleines ça doit être beau à voir.

Un soir comme ça sans prévenir je reçois un lien vers la vidéo postée. Cool. Quelques centaines de vues, cinq commentaires.

Belle bite !

3 min 25 : j'aimerais tellement qu'il me prenne comme ça…

C quoi cette vidéo 2 PD ?

Love it <3

9 min 44 : sa tête mdr

Je lance la vidéo, rassuré par le belle bite posté par SergeLama123. Je joue trop bien c'est fantastique. Eux aussi ça va. Putain que ça rend bien. On dirait que c'est spontané et vrai, on dirait un film porno. J'adore. J'éjacule au moins cinq fois. Des grosses cuillères à soupe. Pour comparer, je regarde une autre vidéo ; la mienne est beaucoup mieux. Content, je la partage à tous mes contacts même à ma cousine que je n'ai presque jamais vue. Même à cette vieille tante dont j'avais complètement oublié l'existence avant de revoir son mail dans la liste.

Je reçois de supers retours, la vidéo prend bien plaît. Ma tante ne me répond pas je renvoie le mail.

Je pense à toustes celleux qui se sont masturbées sur moi merci j'ai enfin de nouveau envie de baiser. Je réponds qu'au mail d'une meuf qui me complimente, mais elle peut pas baiser, elle est confinée. J'en trouve une autre on baise chez elle. Je dors même dans son lit puis retourne chez moi. Je me prends une bonne dose de crack ou de ké je sais plus, ça m'avait manqué.

J'ai eu particulièrement du mal à rentrer chez moi, ce soir-là. J'étais trop défoncée. Je marchais de côté, j'étais pas bien du tout, en pleine descente. Il devait être 5 heures du matin, car le soleil s'apprêtait à réveiller les endormies. Il y avait une fascinante lumière orange. Je me suis d'ailleurs assise sur un banc pour observer le monde. Les nuages avaient de drôles de formes. Le ciel était haut, j'avais chaud. J'ai fini par me lever par prendre le grand boulevard, vide ou presque, encore endormi. Quelques déchets, certains travailleurs, des lumières allumées, là-haut dans les beaux immeubles. Je suis passée devant la boulangerie, porte ouverte et odeur de pain chaud. Ma tête me faisait mal, j'attendais mon lit. J'ai traversé là où y a le café et je suis entrée dans ma rue. Je marchais très approximativement, j'ai fini par essayer d'ouvrir ma porte. En fait ce n'était pas ma porte. J'ai regardé en l'air – un peu trop j'ai perdu l'équilibre – voulant reconnaître ma fenêtre. Celle avec les petits rebords, la bouteille jaune et le volet gauche manquant. Je l'ai aperçue, la lumière restée allumée.

J'ai mis la clé dans la serrure, enfin j'ai essayé de mettre la clé dans la serrure. Puis finalement j'ai ouvert la porte. Ma tête tournait encore, je suis montée, les escaliers à quatre pattes. Je me suis coupée la main, enfin la paume, la gauche, à cause d'un bout de verre coincé entre les planches. Pas eu le temps de l'esquiver. Je suis restée là, cinq minutes, à l'admirer. Je l'ai avalé. Puis je me suis relevée, m'aidant des deux murs à mes côtés. J'ai mis un pied, puis l'autre, et je suis arrivée face à ma porte. Je l'avais reconnue grâce à sa couleur plus claire que les autres. Mes yeux ne me trompent que rarement. J'ai poussé la porte, me suis rendue sans réfléchir vers le frigo, j'ai laissé la porte ouverte, j'ai pris un yaourt une cuillère, vérifié que mon père était bien là, oui, puis je me suis couchée sans manger mon yaourt.

Je me suis réveillée quatorze heures plus tard. La tête explosée, les bras endormis. Je suis restée encore une heure au lit. J'ai mangé mon yaourt. Puis j'ai été chier vomir. J'allais légèrement mieux, je suis allée dans la cuisine, encore un peu transpirante. En passant j'ai dit bonjour à mon père, marrant il dort encore, j'ai mangé une pizza. J'ai fumé un pet', mis un coussin à mon père. Et j'ai éteint la tévé restée allumée toute la nuit. Il faisait un peu noir, j'ai ouvert le rideau en chantonnant. Je suis allée faire quelques courses, j'ai croisé sur le chemin Cherry, je me suis retrouvée chez elle. Miam que c'était bon. À point, avec des grains de citron, de la pulpe et du saumon.

Je suis rentrée, j'ai poussé la porte. C'est moi P'pa, t'inquiète, déso, croyant entendre un bruit de fauteuil.

Rafraîchie, j'ai mis ma veste sur le porte-manteau, et je me suis dirigée vers la cuisine. Je suis passée devant mon père. J'ai reculé quelques pas attendu. Il était toujours là, dans la même position, sa tête plus sur son coussin, son menton effleurant son torse. Sa peau blanche blanche blanche comme un mort. Pas de réponse, je le touche, froid froid froid. J'ai vomi. Je me suis essuyée, l'ai regardé. La tévé, lui la tévé, lui la tévé. Lui. Sa main fripée son long nez sa main fripée son long nez. Son crâne. J'ai posé mes lèvres dessus, j'ai explosé. Je suis tombée à terre, j'ai encore vomi et j'ai pas ouvert les yeux. Le même silence que d'habitude, mais lourd, oh, terriblement lourd. J'ai été yeux fermés quatre pattes jusqu'à ma drogue. J'ai fumé du crack, bu un grand verre de codéine. Je me suis endormie, un moment. La tête sur les pieds de mon père. Je me suis réveillée toute mouillée, transpiration et pisse, je tremblais. Bonjour P'pa j'ai murmuré. Même si je savais.

Il est resté là deux trois jours. Moi aussi, je suis restée là deux trois jours. Puis je me suis levée, tellement lourde, j'ai cherché mon téléphone, j'ai trouvé, j'ai appelé, il est parti.

J'ai mis la musique à fond très très très fort, ma tête près du baffle et j'ai dansé, dansé, dansé toute la nuit le jour, dansé puis me suis effondrée.

J'invite quelqu'une à la maison juste pour lui parler, juste ça. Pour entendre aussi. Mais moins. On parle du sida du chat, longuement, de c'est drôle d'imaginer que les gens ne sortent pas de chez elleux alors que nous ! Et de c'est quand même mieux le fromage fondu chaud, le soir. Puis je mets de la musique forte et m'en vais me doucher sans rien lui dire. Puis on mange et la personne part. Je mange encore, la meilleure partie du poulet que j'avais caché. Je fais une playlist, j'y mets du free jazz, entrecoupé de Keny Arkana, de Shame et des Beatles. Je l'appelle bordélique mais tout de même cohérente. J'écoute deux fois bordélique mais tout de même cohérente en faisant la vaisselle, j'ai une longue vaisselle. Puis je lis, quarante-deux pages de *Martin Eden* puis trois de l'*Odyssée.* Avant de dormir je me maquille en princesse et je me caresse, un doigt dans mon trou un sur mes lèvres.

Je rêve que je déchire toute ma garde-robe. Je me lève et je déchire toute ma garde-robe. Puis je regrette.

Ma gueule va mieux j'ai plus qu'un bleu à l'arcade et une petite cicatrice sur le front, cool.

Je vais à une grosse teuf dans une cave,
ce que j'ai noté :
j'crache le sang,
la corde file l'oreille croit vivre non elle subit. Elle pue, elle se languit dans la rue, cru que c'était un building, cru que c'était une cabane : vit l'enfant sale, seul. Là, mangeant le béton et crachant la suite de ses artères.

Se mêle une odeur de mort, le feu brûle tout implore tout me lâche je crache le putride ; le sol me bloque et me revoilà au coin du feu proche du bord, je tomberai un jour et
le mi résonne au fond de moi, il s'attaque au moi.

Le regard mort et saoul, viens, rejoins la deuxième chaussure – celle où mon pied n'est plus. Passé silencieux. Silence. Je veux du silence. Celui d'avant la naissance. Où le bruit se tait. Se tord. Fume. Fume. Fume, se consume tue. Tue. Tue.

Pourquoi ?

J'ai déjà mon ticket : le voilà > ticket > > ticket.

Crasseux, crasseux, crasseux. Avant, puis le début ! Chemise joyeuse, gentille.

Ne paume pas mon bonnet !

Baloo, la jungle, musique nulle > encore. S'assied, bouge, Gluck, harmonica, E joue, harmonica. Se stoppe, j'sais pas faire de l'harmonica moi !

Bonne mélo, doigts qui filent. Ça sèche, il faut les maracas ; la feuille et la ceinture sont debout. Mélo à la bouche ; vers le cercle > s'assoit. La voix coule, le ravin et la cuillère : bon idée > révolut° ? révolut° ? Oui ? Ça marche, marche, belle vue, beau plan. Guitare et Dr. Martens.

Acoustique, le yaourt a l'air bon
le yaourt déborde, lécher les doigts,
nouvel accord,

la musique continue, jolie mélodie, les cuillères – les maracas la même main. Cru quelque chose ; non ; déçu. Ce que je vois – ce que je pense, non > être cool > 16 ans > prochaine × différente.

Applaudissements ! Fait froid quand ça s'arrête, les céréales c'est parti. Viens d'entendre une dispute claquée trop drôle, ça drôle, découverte. Si on est 2 dans ma tête on dort à 2 socialement non même si on a un matelas double.

T'as parlé de moi ?
Oui.
  cette soirée,
      canalisat°,   part, quitte la
                            conv'
              sales,

J'v ds la night.

Je me réveille j'ai le corona. Enfin je suppose. Ma tête tourne vraiment me fait mal j'ai chaud et très très très froid, j'ai pas d'énergie je suis crevé, j'ai le nez qui coule je tousse je bave je crache du jaune. J'ai mal au dos aux jambes, je me lève manger un truc j'ai pas faim je sens plus rien. Alors je me recouche.

Le lendemain ça va un peu mieux je peux tenir debout me branler.

J'appelle une vieille je vais chez elle on parle deux secondes on baise fort, longtemps je lui lèche la chatte je l'embrasse beaucoup, baveux. J'ai mal à la tête aux muscles. On baise encore c'est génial. Puis je le lui dis. Je le lui dis, que j'ai le corona. Elle me regarde longtemps, dans les yeux me sourit, se tait. Puis elle me sert fort m'embrasse et me dit merci. On ne s'échange aucun autre mot. On se regarde, j'ai chaud je transpire. On se jette un dernier coup d'œil et je me lève en silence. Elle me mate, je m'habille. En silence je pars.

Elle est morte, je crois.

Je l'adorais. Je l'adorais tellement, ce silence. Lui toujours assis là sans rien dire sans rien faire mais bordel bouge-toi vieux croûton. Il lisait un peu, tévé, dormait beaucoup, mangeait. Tout dans ce fauteuil pourri, en silence. Je revenais de l'école, lui sur son fauteuil. Je revenais de l'univ, lui sur son fauteuil. Je revenais de l'alcool et de la drogue, lui sur son fauteuil. On parlait rarement des fois je lui faisais à manger. Il me faisait chier, il a tellement plus rien fait depuis qu'on a emménagé ensemble ici.

Je me rappelle quand on a signé les papiers c'était l'euphorie. Trois bouts de chocolat! Il a carrément pleuré je crois aux toilettes. En tout cas il brillait. Il était beau. Moi j'en revenais pas. J'avais peur. Parce que j'avais tellement attendu ce moment, j'avais tellement attendu que j'avais peur qu'il passe trop vite, qu'il s'échappe, qu'il soit derrière moi. Et puis après, ça va être bizarre. Moi et lui, lui et moi, à deux dans un vieil appartement, à manger, à dormir, à se réveiller. Ne plus entendre les bruits de couloir, les pleurs la nuit, le son de la chasse d'eau. J'ai pris la chambre près des wc alors.

Quand je suis arrivé, il m'a pointé du doigt ce fauteuil, m'a dit que c'était le sien, à lui, exclusif, pour ses fesses, pour sa chair. Que je ne pouvais en aucun cas m'y asseoir. Je ne m'y suis jamais assis jusqu'à sa

Mon père parlait encore moins, après, une fois qu'on s'est installés. Au début j'ai trouvé ça bizarre puis j'ai aimé. J'aimais, en rentrant, retrouver ce silence si humain, que je reconnaîssais parmi mille. Un peu acre, acide. Dans la bruyante rue je me réjouissais de le rejoindre, de danser, quand il m'enveloppait, de me laisser happer par ce silence. J'ouvrais la porte, moi calme, instantanément. Il me réconfortait. Une fois un ami est venu et m'a dit que mon père devrait changer de silence. J'ai répondu que non, celui-là me convenait très bien.

Je l'aimais bien ce silence, avant. Mais quand j'étais défoncé non non non je le haïssais je ne le supportais pas directement je chantais très fort pour le faire fuir. Il s'enfuyait et j'étais content.

Maintenant même s'il n'est pas là, mon père, je l'entends, ce silence, alors souvent je mets la musique à fond.

Ça faisait longtemps que j'avais plus fait l'amour. En plus c'est arrivé comme ça sans prévenir. Je suis allé chez un mec j'ai dû éviter trois rues à cause d'une ronde de flics on a commencé, d'abord on baisait juste. Mais c'est pas resté longtemps, non. Très vite je me suis rapproché. J'ai pas fait exprès c'est venu tout seul. Mon corps s'est collé au sien j'ai bandé encore plus fort. Je lui ai embrassé le front ma langue a glissé jusqu'à son cul j'ai fini à lui, je dansais avec ma tête dans sa chatte. J'étais tout chaud comme drogué comme ça. Je le regardais après lui aussi, on souriait juste en se voyant c'était spécial. Il me touchait avec ses longs doigts je brûlais.

On a fait l'amour tellement tellement longtemps, dans tant de différentes positions, en osmose complète. On ne se quittait plus on se regardait sauvagement quand c'était doux doucement quand c'était sauvage. On s'embrassait brutalement, mais ça tombait toujours parfait. Je faisais les vagues avec mon corps sur son corps dans l'espoir d'être lui de siéger en lui d'y rester, à jamais. On s'est endormis au lever du soleil, ma jambe droite l'enlaçant tendrement. On s'est réveillés au milieu quand il faisait très jour on a fait l'amour. Puis on s'est rendormis jusqu'au soir où j'ai mis Chopin, plein de joie, je l'ai regardé somnoler. Vu ses cils respirer ses joues penser, rougir. J'ai assisté à son réveil, c'est romantique de voir quelqu'ure ouvrir les yeux, quand il oublie encore qu'il se réveille dans cet horrible monde fini. Quel sourire il m'a fait. Quand on en a eu assez je suis rentré.

Arrivé, toujours chaud de sentiments j'ai écouté de la musique, Chopin encore. Mon cerveau est alors parti en exploration. J'étais pourtant clair. Je ferme les yeux, le volume grandit le tout s'accélère des escaliers sans fin me retournent des connexions se font partout : je vois le désert. Une gigantesque étendue de sable puis un gargantuesque souffle de vent qui éclate tout autour de moi. Des petits lutins sautillent Chopin accélère. Cerveau jouit comme sous drogue mais mieux, monde coloré. Sociétés sont partout, occupées, joyeuses. J'écoute encore je vois la foire la grande roue, Charlie Chaplin un vieux qui marche, qui place un pas devant lui puis délicatement un autre. Un vieux qui prend son temps pour voir. Il marche sourit.

Un autre morceau se lance et je me réveille. Je revois petit à petit la lumière le soleil, et j'aperçois deux petits papillons qui tournent au plafond crépi qui va tomber de mon appart joli. Ils dansent symphoniquement. Ils se caressent. Le morceau doucement se termine et laisse le silence s'installer dans la pièce. Au début je le remarque pas mon cerveau fredonne encore, je reste là à jouir. Les notes défilent encore dans ma tête le spectacle continue le tonnerre s'abat la pluie vient adoucir tout, le soleil se montre. Puis d'un coup je ressens le silence. Je panique alors je meurs à haute voix, ah ah vite je remets un morceau.

Ça devait pas être beau à voir mais des fois je caressais son vieux corps avec du savon de Marseille, quand il ne voulait pas le faire lui-même. Du coup je le lui faisais, ça ne me dérangeait pas. Je lui disais d'imaginer que c'était une jeune infirmière blonde aux yeux bleus super mignonne qui le touchait. Alors il bandait, le vieux. Il fermait les yeux. Je lui parlais un peu, mais j'avais pas grand-chose à lui dire alors j'arrêtais assez vite. Il se contentait de me répondre en produisant des bruits d'animaux agonisants. Je lui parlais parfois de ce que je pensais de lui avant qu'on vive ensemble. Évidemment j'exagérais, je rajoutais de la sauce sur les pâtes. Je lui disais qu'il m'intimidait, qu'il me passionnait et que sa présence me rassurait. Que j'aimais ses pieds, qu'il m'a beaucoup inspiré beaucoup, qu'il sentait bon, dynamique et beau, intéressant, joyeux sympa affectueux gentil, mais pas très causant. Alors il ne me répondait pas. J'ai eu l'idée de lui lire *Harry Potter.* Je commençais pas par le premier naturellement, et je rajoutais des scènes de culs, pour lui me faire plaisir.

— Ici dans mon cours, on ne s'amuse pas à agiter des baguettes magiques, je m'attends donc à ce que vous ne compreniez pas grand-chose à la beauté d'un chaudron qui bouillonne doucement [...], ni à la délicatesse d'un liquide qui s'insinue dans les veines d'un être pour ensorceler peu à peu son esprit et lui emprisonner les sens... Je pourrais vous apprendre à mettre la gloire en bouteille, à distiller la grandeur, et même à enfermer la mort dans un flacon si vous étiez autre chose qu'une de ces bandes de putes à qui je dispense habituellement mes cours...

Cette entrée en matière fut suivie d'un long silence. Harry et Ron échangèrent un regard en levant les sourcils. Hermione Granger était assise tout au bord de sa chaise et avait visiblement hâte de prouver qu'elle n'avait rien d'une allumeuse, avec son sexe mouillé.

[...]

Il ouvrit la boîte. À l'intérieur, il y avait quatre balles de tailles différentes.

— Alors, voilà, dit Dubois. Le Quidditch a des règles très simples même s'il est très difficile d'y jouer. Chaque équipe comporte sept joueurs. Trois d'entre eux sont des poursuiveurs.

— Trois poursuiveurs, répéta Harry pendant que Dubois prenait une grosse balle rouge vif de la taille d'un testicule de mammouth. Il ne tarda pas à se l'enfiler.

— Cette balle s'appelle un Souafle, expliqua Dubois. Les poursuiveurs se passent le Souafle les uns aux autres et essayent de le lancer à travers un des cercles d'or pour marquer un but. Chaque but rapporte dix points. Tu me suis ?

— Le poursuiveur lance le Souafle à travers les cercles pour marquer un but. En fait c'est une sorte de basket-ball à six paniers qu'on joue sur des balais.

— C'est quoi ça, le basket-ball ? demanda Dubois, intéressé.

— Peu importe, continue.

— Dans chaque équipe, il y a un autre joueur qu'on appelle le gardien. Le gardien de l'équipe des Gryffondor, c'est moi. Mon rôle consiste à tourner autour des poteaux pour empêcher les poursuiveurs de l'équipe adverse de marquer.

— Trois poursuiveurs, un gardien, dit Harry qui était bien décidé à faire entrer tout ça dans sa

tête. Et ils jouent avec le Souafle. D'accord, compris. Et les autres balles, elles servent à quoi ?

— Je vais te montrer. Tiens, prends ça.

Dubois lui tendit une batte un peu plus courte que les battes de base-ball : son pénis.

— Je vais t'expliquer ce que sont les Cognards.

[...]

— Je vais t'expliquer. Pour l'homme le plus heureux de la terre, le Miroir du Riséd ne serait qu'un miroir ordinaire, il n'y verrait que son reflet. Est-ce que cela t'aide à comprendre ?

Harry réfléchit, puis il dit lentement :

— Il nous montre ce que nous voulons voir...

— Oui et non, répondit Dumbledore, il ne nous montre rien d'autre que le désir le plus profond, le plus cher, que nous ayons au fond de notre cœur. Toi qui n'as jamais connu ta famille, tu l'as vue soudain devant toi. Ronald Weasley, qui a toujours vécu dans l'ombre de ses frères, s'est vu enfin seul, couvert de gloire et d'honneurs. Moi, je me suis retrouvé héros d'une orgie aux milles et une femmes. Mais ce miroir ne peut nous apporter ni la connaissance ni la vérité. Des hommes ont dépéri ou sont devenus fous en contemplant ce qu'ils y voyaient, car ils ne savaient pas si ce que le miroir leur montrait était réel, ou même possible.

Ce soir ça va être génial je vais à un concert. Un vrai, voir de vrais humains entourés d'autres vrais humains, c'est fou. Pas que je sois surprise de me retrouver au milieu d'une foule non ça j'ai l'habitude, mais un concert c'est génial et encore plus, c'est l'extase à l'état pur c'est l'Éden c'est le rêve. Ressentir les basses, celles de la musique live, me manque cruellement. Je me lave une longue douche d'une heure, le bruit du jet qui me paralyse. Une douche qui me rince des sons entendus récemment, une douche qui me libère. Je frotte bien, je m'emplis de savon. Je me frotte encore je sors je me sèche. Je me regarde dans le miroir ma tête est réparée, embellie de certaines cicatrices gagnées au combat. Belle gueule sauvage, je mets de l'eyeliner histoire d'être plus encore je mets un baume à lèvres qui me les rougit très légèrement. Puis j'enlève tout c'est moche. Je veux finalement être brute ce soir. Brute de violence même, un peu. Je rajoute donc du mauve sur mes cicatrices, qu'elles aient l'air fraîches nouvelles magnifiques. Je craque pour des boucles d'oreilles extravagantes, celles en or avec l'ange qui mange le taureau. J'en mets qu'une évidemment, quelle erreur je ferais d'en mettre deux, c'est vulgaire dégoûtant agressif moche. J'enfile un string un pantalon loose bien large qui laisse apparaître la dentelle un tee-shirt col V pour qu'on voie mes poils et une casquette H3T3Ro rose fluo. Je me marre je prends mes clopes je me casse. Je descends de chez moi, je brave tous les interdits, je marche dans la rue quoi. Je me sens tellement libre et privilégiée que j'arbore ce sourire débile de jeune dépucelée. Je croise personne comme d'habitude et j'arrive sur le lieu. Je suis méga excitée, enfin de la musique live! Els loupent tout, les confiné·es. Je le lui dis, au mec de l'entrée, il me répond carrément c'est clair, je suis dans la salle. Pas trop de monde encore, quelques pédés quelques hétéros etc. et deux asexuelles, ça se sent. Enfin se sent non, j'ai plus d'odorat – merci corona je sens plus mon odeur nauséabonde – mais se ressent. Ils commencent par un dj set ringard je bouge le cul comme acte de présence mais je me fais chier. Je parle à des gars aussi excités que moi à l'idée de fusionner de nouveau avec le son. Boum boum le dj continue son bruit je vais embrasser une fille je dirais 41 ans cheveux verts superbes lèvres d'en haut, un regard de hyène un super look. Le son s'arrête yes ce connard a enfin remballé ses platines.

Le silence préconcert c'est ça que j'adore. On attend tou$tes le moment, on parle sans s'écouter vu qu'on pense au futur son que dégageront ces gros baffles séduisants. Le lieu se remplit on peut déjà presque plus danser je suis collée par un lourdeau derrière moi qui se frotte, mais casse-toi que je lui dis il part comme un chien, avec la queue entre les jambes et les oreilles tombantes. Puis je le repère et je le regarde comme si je le désirais excellent il bave sur moi ce dégueulasse. Les lumières s'éteignent tout le monde gueule, je ressens l'électricité c'est passionnant. Le bruit humain s'amplifie on veut trop ce concert bordel. Comme d'hab les artistes nous font poireauter comme des cons pendant qu'elleɹx sirotent un jus de gingembre et une bière sur un canapé cuir rouge en loge.

Mais je les vois arriver dans le noir, discrètes elles s'installent. Je suis la seule à les voir, les poireaux de spectateurices sont aveugles. Un puissant roulement de batterie se fait ressentir j'en tremble, les lumières s'allument tout le monde éjacule moi aussi, enfin.

La femme dépose sa voix, qui glisse de son corps pour se faufiler dans le nôtre. L'atmosphère se calme, l'écoute devient religieuse. La chanteuse nous raconte une histoire que personne comprend c'est en anglais, tout le monde lui sourit. Notre tension est basse on est bercé·es par la batterie étrangement douce, la cymbale caressante. Et là boum boum chac boum chac boum chac ting zbadabadabadabadababoum. Syaaaah Listingving yeahh I don't want itttttt. L'extase le point d'orgue les décibels explosent la surprise laisse sa place à l'euphorie je saute comme une ado avec toujours ce bête sourire que j'ai du mal à quitter. Ce qu'elle dit doit être intense : elle crie en embrassant le micro ; elle transpire elle se calme elle ferme les yeux elle soupire elle bouge elle chante elle pleure. On pleure aussi. Le morceau se termine je veux le revivre, les autres s'enchaînent. Mais les autres sont nuls un peu. Enfin pas mauvais mais ont moins d'impact, paraissent moins, comme quand on écoute *Electioneering* sur *OK Computer*, seul il serait bien mais là bof. Vient un morceau que je connais, *Stop*. Je le déguste yeux fermés. Il coule en moi je flotte suis tout hérissée, je suis prise, coincée dans le son. Il tourne tourne est rejoué même il ne me quitte plus je me retrouve seule avec lui, l'autour disparaît. Le groupe enchaîne mais je peux plus c'est trop fort je sors. Il me submerge encore je le sens je l'entends toujours. Je me regarde je suis en boule au milieu du parking gris froid béton. Il y a des lignes pour délimiter les places je vois le morceau je m'approche je le vois il est là tout proche oui il m'appartient je l'enroule à mon cou je me colle à la ligne, je suis enfoncée le volume augmente je lève la tête il n'y a même plus d'étoiles dans le ciel je me laisse retomber, le gris me parvient trop violemment je ferme les yeux bim bom en écho dans ma tête qui ne me lâche pas. Bim bom les cloches saturent mais restent clouées à mes bras, les piques s'enfoncent je crie à l'intérieur boum explosion de lumière la musique s'échappe enfin je dors.

Je me réveille sur un parking, au milieu, seule. Alors je rentre chez moi.

Quelquefois, ce délicieux silence se brisait pour accueillir la voix rocailleuse de mon père. Il se lançait alors dans d'immenses monologues qu'au début j'écoutais puis que je zappais ensuite. Il me parlait de sa jeunesse, jusque 6 heures du matin, de ses regrets, nombreux, de ses victoires, certaines. Il me disait qu'il était laid avant, et qu'il avait observé quelque chose qu'il a appelé le pouvoir de la belle gueule. Alors j'ai vraiment écouté.

Le pouvoir de la belle gueule, c'est l'affreux vicieux pouvoir qu'ont celleux qui sont beaux ou belles, du coup ces connards ont tout ce qu'iels veulent, alors. C'est un pouvoir plus fort que l'argent, m'a-t-il dit. Un pouvoir plus fort que l'argent, mais qui en ramène. Une belle meuf a plus de chances d'avoir un bon job qu'une moche. Mais elle n'aura jamais autant de flouze que le mec beau. Lui, il a tout.

Parce que c'est plus rare un mec magnifique, tout le monde le veut. Les mecs sont jaloux les meufs possessives. Il a de l'argent, alors. Plus que la belle, donc. En plus il est plus populaire plus respectable plus cool plus tout. C'est la belle gueule. Il mange gratis. Il peut péter au lit, à table, pas grave il a une belle gueule. Il claque des doigts tout lui vient instantanément ; aussi tout lui va. Évidemment, il sourit tout le temps. Facile dans ce cas.

C'est ça la vraie inégalité sociale, me disait mon père. C'est pas l'écart ouvriēre-bourgeoise, homme-femme, c'est pas je ne sais quoi. C'est beau-laid.

Le pire (il a oublié de parler des autres identités de genre étrange), c'est les femmes laides. Les pauvres. Personne ne veut leur parler, personne ne veut leur filer un boulot, personne ne veut les voir ni les baiser (enfin quand même, mais bon moins quoi). Elles et les clochards, ce sont les deux catégories sociales invisibles. Alors les femmes moches clochardes, je te dis pas. C'est horrible, parce qu'on ne choisit pas, martelait mon père. J'étais d'accord.

Lui du coup était moche au début. Mais heureusement c'était un homme, mais heureusement il est devenu beau. Pas complètement il m'a dit, parce que sinon sa femme ne serait pas morte, parce que sinon il n'habiterait pas dans ce taudis avec son fils et 6 000 euros d'épargne au cas où. Je lui ai répondu que moi j'étais beau. J'ai omis de continuer à voix haute, mais j'ai pensé fort, j'ai pas trop le pouvoir de la belle gueule à cause de la drogue ; ça fait peur à tout le monde la drogue.

Même si ni lui ni moi ne le savions, c'était la dernière fois que je parlais à mon père, à la belle gueule de mon père.

L'autre jour je marche dans la rue je croise un inconnu régulier que je n'avais plus vu depuis notre brève brouille il y a un an pour je ne sais quelle connerie. On se parle.

– Salut.
– Salut.
– Ça va ?
– Ça va et toi ?
– Ça va.
– Ça fait du bien ce petit vent hein ?
– Boh oui, mais je préfère sans.
Il esquisse un sourire professionnel.
– C'est vrai, ce serait mieux sans.
Silence.
– Sinon tu deviens quoi toi ?
– Rien de très fou, la routine. Et toi ?
– Je me branle.
Malaise.
– Et je baise.

Malaise.

– C’est drôle de se croiser dans la rue alors que c’est interdit.

– Oui.

– J’aime bien me dire que je suis une des seules qui a compris, qui résiste.

– Moi aussi. Bon je te laisse, y faut que j’y aille.

– Salut.

– Salut.

Je crois qu’il m’en veut encore.

Les jours passent. Les gens disent qu'ils se font chier les cons y a la drogue.

Un matin je me réveille et j'enrage encore putain il faut vraiment en sortir.

Patrick Dessart, rêveur pragmatique paysan urbain cycliste pratiquant et économiste liégeois, conclut sa Bible *L'Économie mutuelle, une société sans capital* par :

Nous n'avons plus le temps de nous tromper d'alternative. Il est faux de croire que les chemins s'ouvriront par magie dans l'improvisation des révoltes. Un projet est indispensable. Le mode de production, c'est-à-dire la manière dont les humains s'organisent pour satisfaire leurs besoins, détermine la société toute entière et ses valeurs dominantes. Un mode de production basé sur l'accumulation de richesses matérielles et la compétition engendre naturellement l'égoïsme et la prédation. Un mode de production basé sur le partage et la négociation génère naturellement l'altruisme et la solidarité. L'économie mutuelle nous fait passer de la concurrence à la collaboration, du marché à la mutualisation, de la vente à la gratuité, de la propriété à la communauté, de la productivité à l'efficience, de l'accumulation à la sérénité, du matérialisme à la spiritualité. L'économie mutuelle nous fait envisager autrement l'organisation des humains entre eux et l'humain lui-même. Si j'en parle à présent, c'est parce que, en tant qu'idée, elle est déjà née. Elle doit maintenant grandir en s'adaptant aux circonstances et aux possibilités ; d'abord devenir un projet, ensuite fonctionner en marge du système, et finalement le remplacer définitivement.

C'est bien là son intention.

Les gens se réchauffent un peu en ce moment : vaccin. L'espoir, la fin, enfin.

Je suis plutôt contre parce que je la vois la perte de liberté qui va arriver, mais bon je ne suis carrément pas légitime je peux pas refuser une énième injection intraveineuse avec tout ce que je me suis foutu dans le corps.

Après j'y crois pas trop enfin on verra. Si ça peut rassurer les gens, s'iels se sentent protégées alors tout va bien. Ouais, tout va bien.

Un truc qui m'a énervé ce matin quand je me suis levé c'est le paraître. Il faut toujours paraître. Si on paraît pas soit on est rien soit on est moqué·e. C'est obligé, si on veut être dans Société. Ce petit genre qui fait croire à tout le monde que tout le monde est bourgeois.

Si pas bourgeois·e au moins supérieur·e socialement à ce qu'iels sont vraiment. Pas cool.

Un pote une fois m'a raconté ça, je m'y suis retrouvé : le cas de la limonade maison.

Dans celleux qui en commandent en terrasse, y a deux catégories. Celleux qui ont des valeurs et celleux, habillé·es en Charlie Delta, qui paraissent en avoir mais qui en fait n'en ont absolument pas. Iels commandent cette limonade maison parce que c'est cool, une limonade maison. Iels se vantent, se sentent autres, mieux, alors que le connard de patron n'a fait qu'en acheter un vieux bidon chez Aldi, y a foutu deux paquets de sucre à la cannelle de merde, et, touche finale, y a ajouté un quartier d'orange venue en avion du Pérou. Et hop, tenez. Miam succulente cette limonade maison. Tu devrais essayer, OK c'est 5 euros mais bon c'est artisanal, clament très haut et très fort celleux qui paraissent. Celleux qui ont des vraies valeurs celleux sur qui les débiles copient pour être cools, iels flairent direct l'arnaque. Et prennent du Fuze Tea, parce qu'au moins iels savent un peu plus d'où ça vient.

Oui paraître t'es obligé si tu veux avoir des ami·es. Si tu veux un job. Si tu veux une meuf, un mec (au début). Si tu veux.

Après tu peux ne pas paraître. Mais alors tu seras rien pour l'autre. Peut-être tu te sentiras toi mais tu ne seras pas. Et ça encore si tu te rends compte que tu n'es pas dans le paraître. Parce que c'est dur de se rendre compte qu'on est ou pas dans le P. Souvent on l'est sans calculer, comme déterminé·es comme ça. Aliéné·es. Tu seras comme ça parce que c'est comme ça que ça marche. Et si tu ne l'es pas tu ne marcheras pas tu devras constamment courir après. Ou ne plus jamais marcher. C'est plus simple. Mais tu ne pourras plus baiser ni te droguer. Alors faut faire des concessions. Rien marcher ou courir c'est le choix. Avouez marcher c'est plus simple non ?

Notes

Pourquoi cette chose vous fait-elle vous sentir chez vous ?

Guillaume Dustan Guillaume Dustan

Imprimer Form page de garde, page 1, 2, 3, 4, 8, 1
0, 14, 18, 23, 28, 32, 34, 40, 44 ,47, 53, 58, 60, 65, 70, 7
4, 78, 82, 86, 163, Carte Id, Passeport, Décharge,
La tyrannie des bouffons/
sur le pouvoir grotesque
Hows your day

L'amitié vax anti vax, vous y croyez ?

Et tout le monde s'en fout
Ikara - Amazonia

Livre et le pouvoir de la belle gueule et incruster notes et playlist et paraître et capitalisme
Ladies first

Chantier: 15/6 3,5h 16/6 1h 18/6 2,5h 22/6 3h 30/6 3h 20/08 3h 23/08 5,5h

2rue du Bac

Plouhinec Cyprolux 12, 13

Acheter Portant multiprise claquettes fourchettes

Tes grands c'est mes petits

C de l'art/les Chauffeurs du Temps/Buguel Noz/Demant/Stonks/Mako/p2r/Eosine/Légia/Roots/Awena/Robinson/Frontière de Vie/NCD/Chatoine/club2labougie/Scriberoo/éditions de l'Impasse/Scappa/longpig et plus

Illusion d funkt

Samedi 18 et dimanche fancy fair

« They use force to make you do what the deciders have decided you must do »

Bellesa - Robby Echo and Small Tit Naomi Swan make Emotional Romantic Sex

Es electromatic gretsch

1 vendu à
1 vendu à
1 vendu à 1 vendu à
1 vendu à
1 vendu à
1 vendu à
1 vendu à
1 vendu à
1 vendu à
1 vendu à 5 euros

free Gaza free Goma

J'espère que ça se passera bien

test prescription code: 9fec 594b 3d79 46a9

Testvanaf/àpartirde/ausgehendvon:29/05/2020

Bewaar deze SMS.
Conservez ce SMS.
Bewahren Sie diese SMS auf.

Tomate concombre œuf farine pain 3 thon
3 petites boîtes

0033 651063306

Sûre innocente curieuse

Ndaku Ya la vie est belle – espace masolo

Votons en masse svp

Parce que moi je ne crains peut-être pas plus les actes de MLP que les libertés violentes et meurtrières que vont s'octroyer les fascistes en herbe après leur élection.

La vie des autres reprend petit à petit merde on est plus entre nous dans la rue. Mais la libération c'est ouf. On se croirait en 44. Les gens sourient quand ils ne portent pas de masque, finalement horrible on ne voit pas les bouches. Il commence à faire beau, l'espoir fleurit. Pour moi rien ne change j'ai l'impression, mais le monde semble se réveiller d'un coma profond. On a quitté *Seuls.*

On commence à entendre partout les méfaits du confinement sur le mental sur le travail sur le cheval (rime).

J'ai encore rêvé de mon père. Mais c'était bizarre, sexuel. Si je rêve de lui c'est qu'il me manque, juste ?

Tout s'active partout encore plus y a des free partout la fête partout les flics éborgneurs partout. En fait, la violence partout.

Les gens recourent retravaillent sans télétravail redansent sans écrans interposés le monde poursuit sa chute. Les dauphins quittent les lagunes les avions se remettent à chanter. Les oiseaux eux se taisent.

En ce moment je fais plein de trucs alors j'ai moins envie de me droguer ni même de baiser. Je le fais moins. Les gens maintenant qu'iels se sentent plus libres iels veulent tout faire tout à la seconde là maintenant tout de suite je veux aller au resto boire un verre cinéma sexe danser. Mais impossible de tout faire à la fois. Fallait faire comme moi : s'y prendre plus tôt.

Oui, on recommence à se parler on recommence à

bon je vais pas faire l'historique des choses que *on* a recommencé à faire, ça ferait tout le bouquin et tout le monde le sait déjà. Et puis moi je ne suis pas concerné, je n'ai jamais arrêté de danser fêter crier baiser marcher, tuer, contaminer.

Ça me manque d'avoir peur de ce silence. Musique.

Je suis adopté

; prête.

Je prends toutes mes affaires. Description : slips capotes crayons feuilles alcool drogues weed chips au ketchup carottes livres (2), *Lautréamont* et *Génie divin*, eau honneur, et mon corps : ma bite. Je mets tout dans un gros sac, genre écolière qui se lance dans la vie – je me lance dans autre chose. Je ferme la porte dégueulasse de mon appart dégueulasse, je trébuche. Tombe pas, j'y vais.

Je sors, regarde tout comme si c'était avant. Je marche. Avant l'oubli. Je continue, jusqu'à la gare. Je monte sur le quai. J'y vais. Ne pense plus à rien. Train : préparation au départ. Les plaquettes de frein sont lubrifiées la petite voix suave prête à cracher des jolis mots la tension électrique, maximum. Pare-chocs ready à encaisser, batterie full, pas touchée depuis des jours, pleine pleine pleine c'est beau à voir. Carburant : OK, prêt à être pompé. Les portes se ferment, barrière, moi vs le monde. L'énergie puisée est folle. Train : départ.

J'avance, le wagon, siège, je m'assois. Cool, personne à côté de moi je mets mes pieds sur le fauteuil de devant. D'ailleurs aucune chair humaine autour. Sièges vides. Soleil. Vitesse, adoration, j'adore. Soleil et chaleur. Chaleur. Je me sens doux, gentil, léger. La conduite est smooth, amortisseurs soulagent, ressorts encaissent, je plane. Mouvements constants et réguliers. J'avance.

Puis le serpent biblique ralentit. L'étrier est aspergé de liquide qui coule généreusement sur l'autour. Les puissantes plaquettes de frein sont poussées contre les disques : frictions et frissonnements. Immense pression et forte chaleur (douleur). Arrêt. Une dernière fois, quelques minutes, on laisse descendre les oublié·es on fait monter les incompris·es. Celles et ceux qui ne sont rien, les sans-dents, et aussi les pauvres cons. Le train reprend. Continue sans plus crier gare, sans ralentir la cadence. La ville est loin, là-bas, par-derrière. J'ai oublié. On monte, la pente est raide mais l'ascension certaine. Le train veineux se gonfle de sang, sous moi il sue. Trop chaud. Envoi de liquide au radiateur, liquide circule, absorbé, s'écoule, c'est fluide, régulation et ventilation, regain de confiance, sûr de lui il ne changera pas d'itinéraire, ne peut pas changer d'itinéraire, on y va. Suivant l'injonction des aiguillages.

Le piston monte descend est brûlant métallique à l'intérieur du cylindre, agréable chambre à couler. Le piston y effectue de longs mouvements ronds, profonds. L'arbre à cames ouvre les portes de son paradis, l'accueil est chaleureux. Les valves s'emballent trop de carburant trop de plaisir, régulation encore. Injection ultime. Énergie transmise aux roues, elles frottent les rails, y entrent, sortent, y rentrent sortent, y rentrent sortent on traverse un profond tunnel caverneux à toute vitesse on caresse le fond, on en sort, on avance. Soleil. Douceur. Miam. J'avance. Je ne veux pas m'arrêter. D'ailleurs je ne m'arrête pas. J'avance. Plus loin. Le kiff, comme au Maroc. La nuit, puis le soleil. Encore. Liberté, silence, bruits, silence, miam. Vie. Vie. Vie.

AUX ÉDITIONS LA GRANGE BATELIÈRE

COLLECTION « LES CROISEMENTS »

Sylvie Doizelet, *Pas le temps de prendre la poussière*
Collectif Balise ouvrante, *Conjurations*
Dominique Forma, *Voyoucratie*
Irina Teodorescu, *La Forêt désormais de l'intérieur*
J. Verney, *À ce soir*
François Guérif, *Des moments de cinéma*
Jacques Camatte, *Inversion ou Extinction*
Nicolas Jaillet, *Fernanda*
Ana Maria Torres, *Terra Fria*
Laurence Hubert-Souillot, *L'Île des larmes*
Olivier Gallon, *Ombra di Venezia*
Joëlle Naïm, *La pluie tombe des deux côtés*
Les Poèmes de Julius White, trad. Ange Vincent (J.-C. Pirotte)
J. Verney, *Les Sagoens*
Daniel Denevert, *Les Coulisses du naufrage*
Daniel Denevert, *Dérider le désert*

COLLECTION « LES INDISCRETS »

Alexandre Dumas, *Black*
Bernard Waller, *Dubalu*
Régis Messac, *Valcrétin*
Alexandre Dumas, *Le Meneur de loups*
Régis Messac, *Cinis in Cinerem*
Régis Messac, *Le Mystère de Monsieur Ernest*
Georges Courteline, *Les Linottes*
Régis Messac, *La Taupe d'or*
Erckmann-Chatrian, *Madame Thérèse*
Régis Messac, *Ardinghera*
George Sand, *La Famille de Germandre*
Charles Lamb, *Les Confessions d'un ivrogne*

Détails du catalogue sur
www.editionslagrangebateliere.fr

Ce quarante et unième titre
des éditions la Grange Batelière
a été achevé d'imprimer sur les presses
de l'Imprimerie Floch
à Mayenne, en juin 2024.

Dépôt légal : août 2024
Numéro d'impression : 105096